Klabund

Heiligenlegenden

Klabund· Heiligenlegenden

Erstdruck: Leipzig, Dürr und Weber, 1921 als Nummer 48 der Reihe
»Zellenbücherei«. Mit fünf Abbildungen aus: »Die kleine Passion«
von Albrecht Dürer.

Neuausgabe
Herausgegeben von Karl-Maria Guth
Berlin 2021

Der Text dieser Ausgabe wurde behutsam an die neue deutsche
Rechtschreibung angepasst.

Umschlaggestaltung von Thomas Schultz-Overhage unter
Verwendung des Bildes: Albrecht Dürer, Büßender Hieronymus, um
1494-1497

Gesetzt aus der Minion Pro, 12 pt

Die Sammlung Hofenberg erscheint im Verlag
Henricus - Edition Deutsche Klassik GmbH, Berlin
Herstellung: Books on Demand, Norderstedt

ISBN 978-3-7437-4031-0

Bibliografische Information der Deutschen Nationalbibliothek:
Die Deutsche Nationalbibliothek verzeichnet diese Publikation in
der Deutschen Nationalbibliografie; detaillierte bibliografische Daten
sind im Internet über www.dnb.de abrufbar.

Inhalt

Vorspruch

Wer bist du?

Tritt näher, dass ich dir ins Gesicht sehe. Deine Wangen sind gefurcht, deine Augen verschleiert. Ahnungen hängen dir wie Fransen in die Stirn.

Wo ist dein Wissen? Dein Gewissen? Deine Wissenschaft?

Du weißt nichts.

Du weißt nicht einmal »nichts«. Du weißt nicht das Nichts und nicht das Etwas und nicht und nichts von dir.

Heute ergeht der Ruf an dich: mir zu lauschen und mir zu folgen.

Es ist nicht das erste Mal, dass ich dich rufe. Erinnerst du dich jener Gewitternacht, als du aus dem Schlafe schrecktest und den Blitz aus deinem Auge fahren sahst?

Übermüdet warst du: und also schliefst du wieder ein – und vergaßest – dich.

Als du am Grabe deines Weibes standest – einsam im hohen heißen Mittag – fuhr nicht ein Wind durch dich hindurch, als seist du ein Strauch? Und war der Wind nicht mild, und entzückte dich nicht sein Atem, und duftetest du nicht selbst wie eine Magnolie – schaukeltest Blüten und Äste?

Mein Freund, warum vergaßest du dich so sehr? Und warum vergaßest du meiner, der ich dir den Blitz und den Wind und heute das Wort sende?

Jede Stunde, jede Minute, jede Sekunde darfst du beginnen: den neuen Weg, der dich in alle Tiefen, auf alle Höhen führen wird. Gesegnet seist du und begnadet.

Die goldnen Schwestern warten des silbernen Bruders. Der Mammut hat sich aufgemacht, dir den Pfad durch den Urwald zu bahnen. Die Bambushecken knirschen unter seinem stampfenden Hufe.

Glaube meinem Wort.

Liebe die goldnen Schwestern.

Hoffe auf den silbernen Helfer.

Es ist ein Regen niedergegangen, der hat die Ähren gebeugt, aber sie werden sich wieder aufrichten und werden herrlicher reifen denn je.

Es haben sich Wolken zusammengeballt, die Sonne zu verdunkeln.

Die Wolken werden zerreißen, und die Sonne wird strahlen: heller und heißer und holder denn je.

Hier hebt an ein löbliches und nützliches, ein leichtes und schweres, ein lichtes und dunkles Buch: der Heiligen Leben, Lust und Leiden, genannt das kleine Passional.

Christus als Gärtner

Sankt Kümmernis

Es war eines heidnischen Königs Tochter; das ist viele Jahrhunderte her, und ihren Namen weiß niemand mehr. Die war von großer Schönheit, Sanftmut und Klugheit und wurde von einem heidnischen Fürsten zur Ehe begehrt. Sie aber hatte sich insgeheim Jesus Christus versprochen und wies das Ansinnen des Fürsten zurück. Darob erzürnte ihr Vater und ließ sie in ein finsteres und feuchtes Gefängnis zu Ratten, Würmern, Schlangen und Molchen werfen. Da geschah es, dass selbst die bösen Tiere gut zu ihr waren. Sie teilte mit den Ratten schwesterlich das Brot, die ihr zu Dank wie kleine Hunde ihren Schlaf behüteten. Die Schlangen, die sie aus ihrer Schale tränkte, spielten am Tage listig und lustig mit ihr. Einmal ging das Tor, und Christus selber trat herfür. Er streichelte ihre Wangen und tröstete sie. Sie aber bat ihn, dass er ihr eine Gestalt möge verleihen, darin sie niemand mehr gefiele, denn ihm allein, damit sie keinerlei Anfechtungen mehr ausgesetzt sei unter den Menschen. Da hob Christus die Hand, segnete sie und verwandelte sie in ein hässliches, affenähnliches Geschöpf. Als ihr Vater, der heidnische König, sie also sah, erschrak er heftig und machte eine Gebärde des tiefsten Abscheus. »Dies«, sprach er, »ist nicht meine schöne und kluge und sanfte Tochter. Dies ist ein schmutziges und abscheuliches Tier.« Sie jedoch lobpreiste den Herrn und sprach: »Ich war Eure Tochter und bin es nicht mehr, da ich mich dem gekreuzigten Gott versprochen habe.« Da sprach der heidnische König: »So sollst auch du gekreuzigt werden wie dein Gott.« – Und seine Häscher ergriffen sie, und sie wurde gekreuzigt wie einst der Heiland. Wer sie aber anruft in Bedrängnis und Not, dem wird geholfen alsobald. Und da ihr Name, der ein heidnischer war, längst vergessen ward, so rufe man in seiner Kümmernis nur nach Sankt Kümmernis. Die Heilige weiß alsdann, dass sie gemeint ist.

Sankt Loy

Als seine Mutter den Heiligen unter dem Herzen trug, geschah es, dass, sooft sie das Haus verließ, ein Adler ihr zu Häupten kreiste und ihren Scheitel mit seinen schattenden Flügeln vor der lodernden Sonne schützte. Aus diesem Zeichen des Himmels schloss man auf die Besonderheit des Kindes, und als es geboren wurde, stand der König bei ihm Pate. Sankt Loy war ein Kind von solcher Fähigkeit, dass alle, die es sahen oder seine Weisheit prüften, sich verwunderten. Als es ein Jahr alt war, zeichnete es, während die Spielgefährten im Sande spielten, das Zeichen des Kreuzes darein. Mit zwei Jahren sprach es:»Ich bin ein Christ«, obwohl zuvor niemand zu ihm von christlichen Dingen gesprochen. Später kam Sankt Loy bei einem Goldschmied in die Lehre. Der König, der ihm gewogen war, sandte ihm eine Statue zur Vergoldung. Das Gold, das der Goldschmied gab, aber reichte nicht. Da blickte Sankt Loy von der Arbeit auf und sah, wie die Sonnenstrahlen durchs Fenster spielten. Er griff in die Sonne und vergoldete den Kopf der Statue mit Sonnengold. Da nahm ihn der König aus der Lehre und ließ ihn bei frommen Mönchen die heiligen Bücher studieren. Er übertraf alle seine Meister und Lehrer bald, ward Bischof zu Paris und tat noch viele Wunder und Werke.

Von dem heiligen Kind Sankt Quiriakus

In Apulien lebte ein Edelmann namens Rogerius. Der war trotzig und hochmütig und glaubte nicht an die heiligen Zeichen und Wunder. Als er einst vor einem Bilde Sankt Franziski stand, spottete er seiner Wundenmale und sprach:»Die Wundmale des Herrn haben dir, o sogenannter Sankt Franziskus, deine Brüder, die Franziskaner, nur auf das Bild gemalt, damit es umso erbarmungswürdiger anzusehen sei.« Kaum hatte er dies gesprochen, so verspürte er in der Luft ein Sausen, als sei ein Pfeil von der Sehne des Bogens geschnellt, und einen brennenden Schmerz in der linken Handhöhle, dass er laut aufschrie. Er besah seine Hand und sah, dass sie eine Wunde enthielt wie das Wundmal des Herrn oder Sankt Franziski. Und in der Wunde steckte ein kleiner Pfeil. Alsobald er ihn herauszog, trat auf dem Feldweg – denn das Bild des Sankt Franziskus hing in einer kleinen Kapellennische an der Straße – ein kleines Kind auf ihn zu, einen Heiligenschein um den blonden Kopf und Pfeil und Bogen in der Hand. »Ich bin«, sprach es, »Sankt Quiriakus, das heilige Kind. Ehemals, in der heidnischen Zeit, ehrte man mich als den Knaben Eros oder Kupido. Dazumal reizte ich mit meinen gefiederten Pfeilen das Herz so manches Menschen zu leichtfertiger Lust und Liebe.

Nun aber bin ich ausersehen zu heiligen Dingen. Ich schieße mit meinem Bogen die Wundmale in die Hände und Füße der heiligen Märtyrer. Du ungläubiger Thomas hast dem heiligen Zeichen nicht glauben wollen; so hab ich dir mit meinem Pfeil den sichersten und« – das Kind lächelte – »treffendsten Beweis gegeben.« Das heilige Kind Sankt Quiriakus trat herzu, zog den Pfeil dem Edelmann aus seiner Wunde, die ihn heftig schmerzte und brannte, und entschwand langsam in einem Ährenfelde zwischen den Kornähren. Dann und wann zuckte sein rothaariger

Kopf noch wie eine Mohnblume auf und ging wieder in den Wogen des Kornes unter. – Der Edelmann aber kniete vor dem Bilde Sankt Franziski nieder und erflehte Verzeihung auf sein sündiges Haupt. Die wurde ihm von Sankt Franziskus gewährt, sodass die Wunde sich noch am gleichen Abend zu schließen begann.

Durch des heiligen Kindes Quiriakus' Verdienst bewahre uns, allwaltender Gott, vor Stolz und Unglauben. Amen.

Die neun Musen

Als Christus die griechischen Götter vom Olymp vertrieb, lagerten sich die verstoßenen neun Musen traurig an den Hängen des Helikon und des Parnassos. Klio, die Muse der Geschichte, saß über ihr Pergament gebeugt, stumm, und las vom Werden und Wachsen des Christentums darin. Melpomene, die Muse des Trauerspiels, sah tränenden Auges die endlosen Züge der heiligen, um des Glaubens willen gepeinigten und getöteten Märtyrer und Märtyrerinnen an sich vorüberziehen. Kalliope, die Muse des heroischen Gesanges, sang die Epopöe vom Anbruch der neuen Welt. Urania sah die Sterne am hellen Tag; aber alle überstrahlte der Stern von Bethlehem. Euterpe blies auf ihrer Flöte die erste Liturgie. Polyhymnia, den Lorbeerkranz auf den dunklen Locken, lauschte ihr schweigend. Erato, den Kranz von Rosen und Myrten in der Hand, gelobte, in Zukunft nur dem himmlischen Bräutigam in Liebe und Treue dienen zu wollen. Terpsichore schritt zur Musik der Euterpe im heiligen Reigen. – Als Christus sah, dass jede ihm auf ihre Weise dienen und Untertan sein wolle, hatte er Mitleid mit ihnen und sagte ihnen freundlich zu, sie alle in den christlichen Himmel aufzunehmen. Es solle nur eine jede ihre Zeit abwarten, und immer, wenn eine Heilige auf Erden

wandle, werde eine der neun Musen in ihrer Seele zum Himmel
fahren. Da wurden die Musen heiter und guter Dinge. – Und es
geschah, dass Klio in der heiligen Katharina, Melpomene in der
heiligen Cecilia, Kalliope in der heiligen Apollonia, Urania in der
heiligen Juliana, Euterpe in der heiligen Euphrosyna, Polyhymnia
in der heiligen Eugenia, Erato in der heiligen Thais zum Himmel
fuhr.

Terpsichore aber, die Tänzerin unter den Musen, wandelt bis
heute unerlöst auf Erden einher. Wenn du Glück hast, kannst du
sie am Sonntag beim Tanz in diesem oder jenem Dorfe sehen.
Sie ist daran erkenntlich, dass sie mit jedem Tänzer nur einmal
tanzt. – Ihr schönen Jungfrauen, hat nicht eine von euch Lust,
das Tanzen aufzugeben und eine Heilige zu werden? Alsbald
wäre Terpsichore erlöst und würde in der Seele dieses heiligen
Jungfräuleins zum Himmel fahren ...

Sankt Eustachius

Sankt Eustachius, der vor seiner Taufe Placidus hieß, war ein
leidenschaftlicher Jäger. Er jagte alles Getier im Wald: die Hirsche,
die Rehe, Hasen, Füchse, Kaninchen, und jagte sie aus reiner
Jagdbegier, nicht etwa, weil er ihrer zur Nahrung bedurft hätte.
Unter den Tieren aber des Waldes war eine große Furcht vor
Placidus, dem wilden Jäger. Kein Reh wagte mehr ruhig zu äsen,
kein Rebhuhn zu nisten, kein Hase seinen Haken zu schlagen.
Da kamen die Tiere überein, einen Boten zu Gott empor in den
Himmel zu schicken, dass er sie von dem Unhold, der ihrer aller
Verderben, befreie. Und sie wählten einen Häher zu ihrem Ge-
sandten. Der flog eines Morgens in den Himmel bis an Gottes
Thron, um ihn um Hilfe anzuflehen. Gott hörte schweigend zu.
Dann sprach er: »Euch soll geholfen werden. Denn jedes lebende

Wesen ist meinem Vaterherzen nahe.« – Als eines Tages Eustachius einem stattlichen Hirsch in der Wildnis nachsetzte, wandte sich der Hirsch plötzlich und begann menschliche Worte zu reden: »Was jagst du mich, Placidus? Ich bin Christus und habe lange nach dir gejagt, ohne dich bis heute erlegt zu haben.« – Da bekehrte sich Placidus zum Christentum und ließ ab von seiner wilden Jagdbegier. Die Tiere aber lobpreisten Gott den Herrn, und war ein Singen und Jubeln und Zwitschern im ganzen Wald, dem Höchsten zu Ehren.

Hilf uns, Sankt Eustachius, dass wir in jedem Geschöpf, auch in dem erbärmlichsten und niedrigsten, Gottes Geschöpf und unsern Bruder sehen. Wer ein Tier martert, der wird nicht anders gerichtet werden als der, der einen Menschen martert.

Sankt Florian

Sankt Florians Berufung wurde erkannt, als in seinem Dorfe ein Brand im Hause einer armen Witwe ausbrach. Da dauerte ihn diese, die nichts besaß als dieses armselige kleine Lehm- und Schindelhaus, dass er sich im inbrünstigen Gebet an die Flammen wandte und sie beschwor. Das Feuer fiel in sich zusammen. Das Haus blieb völlig unversehrt, und war nach dem Brande kein Ruß und keine Asche zu entdecken. Seitdem wird Sankt Florian bei Feuersbrünsten mit Erfolg angerufen. Aber auch wenn eure Herzen brennen, ihr Mädchen und jungen Herren, ruft nach Sankt Florian, dass er eure Glut lösche und eure Flammen besänftige!

Heiliger Sankt Florian, verschon mein Haus, verschon mein Herz, zünd' andre an!

Sankt Hieronymus

Sankt Hieronymus baute ein Kloster und eine Kirche mitten in die Wüste. Da kam eines Tages ein Löwe an die Kirchenpforte, der hinkte auf einem Bein und stieß ein klägliches Geschrei aus; nicht wie ein Löwe brüllte er, sondern er miaute wie eine Katze. Die Mönche gaben Fersengeld, als sie ihn sahen. Sankt Hieronymus aber ging zu ihm. Da reichte er ihm die linke Vordertatze, und Sankt Hieronymus sah, dass ein Dorn darin stecke. Den zog er heraus und verband den Fuß des Löwen mit einem Fetzen, den er von seinem Mantel gerissen. Seitdem wich der Löwe nicht mehr von seiner Seite, und auf allen Bildern des heiligen Hieronymus, so auch auf dem schönen Bild des Albrecht Dürer, findet man ihn abgebildet.

Der Löwe war von Sankt Hieronymus zum Hüter der Esel bestellt. Er führte sie früh auf das Feld und abends wieder heim. Eines Tages trieb er einen Zugesel zur Weide; draußen aber legte er sich nieder, weil es eine große Hitze war, und entschlief. Währenddessen kam eine Karawane des Weges, die sah den Esel einsam weiden und nahm ihn mit sich. Als der Löwe erwachte und sah den Esel nicht, erschrak er und lief hin und her und ließ sein Gebrüll in der Wüste erschallen. Aber keines Esels Iah antwortete seiner dumpfen Frage: »Wo? Wo? Wo?« Da stapfte er, den stolzen Kopf mit der gelben Mähne tief gesenkt, heimwärts. Denn er schämte sich, dass er den ihm anvertrauten Dienst derart fahrlässig versehen. Die Mönche wollten ihn nicht durch die Pforte lassen, denn sie glaubten, dass er den Esel gefressen habe; gaben ihm auch nichts zu fressen und sagten: »Verdau du erst den Esel, den du verschluckt hast.« Sankt Hieronymus aber glaubte an des Löwen Unschuld, ließ ihn ins Kloster und befahl ihm, anstelle des Esels künftig den Karren zu ziehen. Da schritt der stolze Löwe nun im Joch des Esels. Als er eines Tages wieder auf der Weide war, zog jene Karawane auf dem Rückweg vorüber, die ihm einst den Esel gestohlen, und an der Spitze trottete, voll bepackt mit Essenzen und Edelsteinen, des Löwen Esel. Da schrie der Löwe derart, dass die Räuber – solches waren die Karawanenreiter – vor Furcht davonliefen. Da trieb der Löwe die ganze Karawane, mit dem Esel an der Spitze – wohl hundert Maultiere und Kamele, beladen mit tausend Kostbarkeiten –, vor das Kloster, dass die Mönche nicht wenig erstaunten, als sie den wunderbaren Zug einherschreiten sahen. Sie öffneten das Tor, und herein schritten alle Tiere, zum Beschluss aber der Löwe, der wie ein Hündlein mit dem Schwanze wedelte. Die Mönche waren hocherfreut über die sonderbare Christbescherung – denn es war gerade der Heilige Abend. Hieronymus aber befahl, dass man des Gutes gut achte, wenn sich seine rechtmäßigen Herren meldeten, dass man es ihnen wiedergäbe. Aber die Räuber ließen sich aus Furcht vor dem Löwen nicht blicken, sodass nach einem Jahr all die Kostbarkeiten dem Kloster anheimfielen. Davon hat noch heut das Kloster Chalcis seinen Reichtum und Gold und Edelsteine und Teppiche und Samt und Seide. Der Löwe aber war selig, dass er seinen Esel wiederhatte. Sie ließen einander nicht mehr aus den Augen, und es heißt, dass der Heilige sich oft als Dritter zu ihnen gesellte und mit ihnen in einer Sprache sprach, die niemand verstand. Er war mit dem Esel und dem Löwen befreundet wie mit Menschen, und als er starb, starben der Löwe und der Esel mit ihm, und man begrub sie in demselben Grab. Himerius, Bischof von Amelia, machte, als man Hieronymus heilig sprach, den Vorschlag, auch den Esel und den Löwen heilig zu sprechen. Ich weiß nicht, ob im Ernst oder etwa aus Bosheit.

Sankt Irene

Irene ist ein griechisches Wort, gleich ειρήνη und bedeutet: Friede … In Griechenland waren die Böoter und Thraker in heftige Kämpfe geraten. Der Krieg dauerte schon so lange, dass man gar nicht mehr wusste, worum man sich schlug. Die einen meinten: um der Ehre des Vaterlandes willen, andere, weil sie als Landsknechte und Abenteurer dabei auf ihre Kosten kamen. Andere, weil sie ein Stück Böotien oder ein Stück Thrazien einsäckeln wollten. Um diese Zeit begann das Kreuz auch über dem Götterberg Olympos aufzuleuchten. Als die Böoter sich anschickten, wie alljährlich das Fest der Kybele, der Göttin der Fruchtbarkeit und der Liebe, zu feiern, siehe, da stieg die Göttin vom Sockel, aber statt des Helmes hatte sie einen Heiligenschein und statt des Schwertes ein Kreuz in der Hand. Sie sprach: »Ich bin nicht die, die ihr bisher angebetet. Denn eine solche gibt es nicht, da nur ein Gott ist und keinerlei Götter oder Göttinnen neben ihm. Ich bringe euch das Evangelium der Liebe, nicht nur der Liebe der Geschlechter, nicht nur der Liebe innerhalb der Familie. Ich bringe euch das Bild einer geeinten in Liebe verbundenen Menschheit und sage euch die erste, aber auch schwerste Forderung: Liebet eure Feinde, liebet die Thraker und lasset keinerlei Hass und Krieg mehr zwischen euch sein. Folget mir. Legt nieder die Lanzen, Speere, Dolche, Schwerter – ich führe euch zum schönsten Sieg – zum Siege über euch selber …« Und die Böoter legten, von der wunderlichen Erscheinung bezwungen, die Waffen nieder, und Blütenbüschel nur von Flieder, Oleander, Mandel und Mimose in den Händen, folgten sie der Göttin, die die Waffenlosen gradewegs ins Lager der Feinde führte. Diese sahen den sonderbaren Zug von Weitem psalmodierend die Hügel herabschreiten und tanzen und hüpfen. Da war es ihnen, als erwache Pan, der Alte, noch einmal, da war es ihnen, als brächen ihre Herzen auf in Wunden nicht mehr, in Blüten. Sie stürzten den Böotern entgegen, waffenlos auch sie, und stürzten einander weinend in die Arme. Die Göttin Kybele aber wandelte sich in eine christliche Heilige: Sankt Irene, das heißt: heiliger Friede, geheißen, weil sie den ewigen Frieden zwischen Böotern und Thrakern gestiftet.

Sankt Irene, schenk auch uns nach all den Qualen und Gräueln des Krieges den Frieden, schenk uns den ewigen Frieden.

Sankt Jemand und Sankt Niemand

Sankt Jemand und Sankt Niemand, zwei Pilgerime, begegneten einander auf der Landstraße des Lebens.

Sankt Jemand sprach: »Wo kommst du her, Bruder? Du bist so gar betrübt.«

Sankt Niemand sprach: »Ich komme aus dem Nichts und schreite ins Leben. Und du? Du siehst gar fröhlich drein?«

Sankt Jemand sprach: »Ich gehe aus der Welt, das Scheiden wird mir leicht. Ich wandle ins Nichts.«

Sankt Niemand sprach: »Bruder, die Sonne steigt auf und versinkt. Der Mond nimmt zu, nimmt ab. Frühling, Sommer, Herbst und Winter wechseln wie Tod und Leben. Du stirbst. Ich werde geboren. Wenn ich einst sterbend dahinsinke, wirst du wieder den Pilgerstab aus meinen Händen nehmen. Heilig ist das Leben. Heilig ist der Tod. Jemand ist heilig und heißt Sankt Jemand. Niemand ist heilig und heißt Sankt Niemand. Gott hält die Waage in seiner Hand: die Waage der Gerechtigkeit. Da schwebt in der einen Schale das Leben; in der andern der Tod. Sie wiegen gleich. Und also besteht nur die Welt. Und also sind nur du und

ich. Ich wär' nicht ohne dich. Du wärst nicht ohne mich. Leb
wohl. Stirb wohl. Wir begegnen uns immer wieder.«

Sankt Jemand und Sankt Niemand gaben einander die Hand
zum Abschied. Der eine schritt bergauf, der andere bergab. Sie
sahen sich noch mehrmals um. Endlich verschwanden sie zu
gleicher Zeit: der eine hinter einem Felsen der Höhe, der andere
tief im Tal. Die Sonne versank, und leise begann das Horn des
Mondes im Abend zu tönen.

Sankt Notburga

Wer im Schiff den Neckar entlangfährt, begegnet den Ruinen der
Burg Homberg. Dort hauste einst in grauen Zeiten ein gewaltiger,
aber auch gewalttätiger Graf; der hatte eine schöne und fromme
Tochter: Notburga geheißen. Diese hatte er einem Fürsten aus
der Nachbarschaft zur Ehe versprochen, ohne Notburga um ihren
Willen zu befragen. Als er nun eines Tages zu Notburga sprach:
»Richte dein Hochzeitsgewand, denn morgen bereits will ich dich
dem Fürsten Benno vermählen«, da rief Notburga in ihrer Herzensangst nachts im Gebet ihre verstorbene, von ihr innig geliebte
Mutter an. Denn sie fürchtete ihren Vater und verabscheute den
Fürsten aus ganzer Seele. Als sie schlaflos in der Morgendämme-
rung im Garten umherirrte, rauschte plötzlich das Gebüsch vor
ihr, und ein silberweißer Hirsch schritt auf sie zu. Er blieb vor
ihr stehen, und furchtlos bestieg sie das Tier, das mit ihr davon-
jagte und sie erst bei einer einsamen Waldkapelle niedersetzte,
worauf es sie verließ, um nach einer Stunde mit Brot und einem
Krug Wasser, die ihm beide im Geweih hingen, zurückzukehren.
So speiste der Hirsch die heilige Notburga täglich, die nicht müde
wurde, die Güte des Herrn zu lobpreisen.

Es geschah, dass der wilde Graf auf einer Jagd dem weißen Hirsch begegnete, ihn verfolgte und so zur Kapelle gelangte, wo er Notburga im Gebet vor dem Kreuze kniend antraf. »Entlaufene Dirne!«, schrie er und zerrte sie an den Haaren. Sie aber hielt sich am Kreuze fest und rief: »Ich habe meinem himmlischen Bräutigam die Treue geschworen. Ich kehre nicht mehr zu den Menschen zurück ...« Da zerrte er sie stärker in seiner Wut und hielt auf einmal ihr Haupt, das sich vom Körper gelöst hatte, in seiner Hand. Von Grauen gepeinigt floh er von dannen. Engel aber flogen vom Himmel und bahrten die heilige Notburga. Obgleich es Spätherbst war und keine Blume mehr blühte, streuten sie ihr weiße und rote Rosen aufs Antlitz. Rings die Wiese, auf der sie lag, begann zu blühen wie im Sommer, mit allen Wiesen- und Waldblumen. Zwei weiße Stiere erschienen und trugen ihren Leichnam über den Neckar, ohne dass sie ihre Hufe mit Wasser netzten. Der weiße Hirsch schritt ihnen voran. Zwischen seinem Geweih leuchtete das Kreuz auf. Die Glocken aller Kirchen ringsum begannen von selbst zu läuten. Die Stiere trugen die heilige Notburga in die Kirche von Hochhausen am Neckar, wo sie beigesetzt wurde von unsichtbaren Geistern. Noch heute steht in der Kirche das Bild der heiligen Notburga, in Stein gehauen.

Sankt Thais

Unter den heiligen Frauen ist auch eine Dirne, Thais geheißen, die in einem öffentlichen Hause sich preisgab, ehe der ehrwürdige Vater Paphnutius sie bekehrte und von ihren Sünden erlöste. Derselbe schlich im Gewand und mit dem Vorwand eines Liebhabers zu ihr. In ihrer Kammer aber warf er die Maske ab und wuchs riesig vor ihr empor, dass sie seine Schultern und seinen Kopf nicht mehr zu sehen vermochte. Ganz aus der Höhe, als wäre das Haus abgedeckt und kein Dach mehr vorhanden, fragte seine Stimme wie aus den Wolken: »Glaubst du, schöne Sünderin, an Gott?« – Da brach Thais in die Knie: »Ich glaube, ich glaube ...« Und sie zog mit ihm in die Einsamkeit und tat sieben Jahre bittere Buße. Immer hatte sie die Augen geschlossen, da sie sich zugeschworen, das reine Licht der Sonne nicht eher wieder zu empfangen, ehe sie die Buße vollendet. Nach sieben Jahren schlug sie zum ersten Male wieder den Blick empor und sah den Himmel offen. Da sah sie drei heilige Jungfrauen einen goldenen Stuhl hüten, und eine Stimme sprach: »Diesen Stuhl wird die Sünderin Thais einnehmen im Himmelreich, um ihrer Reue und harten Buße willen.« Und sie ward entrückt zu den heiligen Jungfrauen.

Ihr züchtigen und anständigen Frauen, rümpft nicht die Nasen und zuckt nicht die Achseln über ein gefallenes armes Menschenkind. Ihr wisset nicht, ob eine heilige Thais nicht in ihm verborgen sei. Sehet zu, dass *ihr* nicht in Anfechtung und Sünde fallet. Dazu helfe euch Sankt Thais.

Allerseelen

Den Tag aller Seelen sollen wir mit besonderer Andacht und besonders innigen Gedanken und Übungen begehen und die Heiligen bitten, dass sie den armen Seelen, die bußfertig und reuevoll ohne Todsünde von uns geschieden, zur ewigen Seligkeit verhelfen. Dies walte Gott.

Es war einmal ein Pfaffe, der hatte alle Seelen über die Maßen lieb. Täglich sang er das Requiem und sprach wohl täglich eine Totenmesse. Dem Bischof hinterbrachte man sein frommes Tun und Treiben. Der wurde ärgerlich und sprach: »Was kümmerst du dich also um die Toten? Es stünde dir besser an, dich um die Lebenden zu besorgen und als ein rechter Hirt der dir anvertrauten Schafe und Lämmlein und Böcke achtzuhaben.« Und verbot ihm die tägliche Totenmesse.

Als nun der Bischof eines Tages, der Tag verfloss schon in Dämmerung, über den Kirchhof nach seiner Wohnung schritt, öffneten sich die Gräber, und die Toten traten heraus. Und einer von den Toten – es war ein ehemaliger Kriegsknecht, der wegen der vielen Feinde, die er erschlagen, keine Ruhe im Grabe finden konnte, ob es gleich *ad majorem dei gloriam* geschehen war – sprach: »Lass unsern Pfaffen wieder für uns Fürsprach einlegen an Gottes und aller Heiligen Thron, wie wir es gewöhnt! Denn seine Messen waren unser Trost und Andacht und Hoffnung. Verweigerst du uns aber unsere Bitte, so wirst du sterben müssen und bald einer der unsern sein ...« Da machte der Bischof das Zeichen des Kreuzes und floh bestürzt von dannen. Und hatte künftig nichts dawider, dass der Pfaffe täglich seine Totenmesse halte. Der aber wurde von nun ab der Totenpfaffe genannt. Bei seinem gottseligen Hinscheiden gaben ihm alle Toten seines Friedhofs das Grabgeleite, also dass kein Lebender sich traute, ihm die letzte Ehre zu erweisen. Die Toten aber jammerten und wehklagten: »Wer wird künftig unser Fürsprech beim heiligen Throne sein? Heilige Maria, bitt für uns!«

Und auch für uns, geheimnisvolle Rose, die wir noch im Lichte wandeln. Wer weiß, wie bald uns die Stunde schlägt.

Sankt Petronella

Wir lesen bei Sankt Marzellus, dass Petronella, die hochheilige Tochter des Sankt Petrus, sehr schön, aber auch sehr siech und krank gewesen sei. Sankt Petri Freunde und Genossen verwunderten sich nun nicht wenig, weshalb Sankt Petrus, der so vielerlei Wunder an fremden und fremdesten Menschen tue, seine Wunderkraft nicht an seinem eigenen Kind versuche und sie so elend dahinsiechen lasse. Sankt Petrus aber unterwies sie: »Petronella hat es mir selbst verwehrt, ihr zu helfen. Sie ist glücklicher als wir, denn jeder, der in dem Herrn leidet, ist der Seligkeit näher, als wir, die wir gesund wie Bären durch die Welt stampfen und manche Blume und manches Gras zerstampfen und zerknicken. Sie ist ein Schmetterling, der leicht und lieblich von Blüte zu Blüte schwebt, bis Gottes Sturmwind ihn einmal hoch über die Wolken emporreißen wird.«

Trotz ihres Siechtums verliebte sich ein junger Graf in sie derart, dass er zu sterben vermeinte, wenn sie ihm nicht angehören wolle. Sie erbat sich auf seine Werbung drei Tage Bedenkzeit. Als er nach drei Tagen in ihre Kammer trat, sah er, wie eine weiße Taube durch das geöffnete Fenster flog. Im Bett aber lag Petronella, schön wie je, aber kalt und totenbleich. Da stürzte der Ritter ohnmächtig an ihrem Leichnam nieder. Sankt Petrus aber schrieb mit eigener Hand auf das Kreuz an ihrem Grab: »Der goldnen Petronella, meiner allerliebsten Tochter.«

Hilf uns, heilige Petronella, dass wir so lieblich unsre Schmerzen und unser Siechtum tragen lernen wie du und weise uns den rechten Weg ins himmlische Reich.

Sankt Cyprianus

Sankt Cyprianus war geheimer Bischof in Karthago. Die Heiden erfuhren, dass er die Lehre des Heiles unter ihnen heimlich verbreite und schleppten ihn vor ihren Oberrichter. Der sprach: »Wer bist du?« Cyprian sprach: »Ein Christ.« Der Heide sprach: »Was ist das?« Cyprian sprach: »Kein Mensch mehr, aber noch nicht Gott.« Der Heide sprach: »Dies versteh ich nicht. Ich bin ein Heide.« Da sprach Cyprian: »So bist du kein Tier mehr und noch nicht Mensch.« – Der Heide vermeinte, dass Sankt Cyprian ihn verspotten wolle und befahl, ihn zu enthaupten. Ehe sein Kopf in den Sand rollte, vermachte Sankt Cyprian all sein Vermögen dem Henker, der das Schwert über ihm schwang. Den Oberrichter aber segnete er mit dem bischöflichen Segen. »Du hast recht gerichtet«, sprach er. »Denn ich bin ein säumiger Sünder und grober Gauch. Der Herr sei mit dir. In Ewigkeit.«

Und auch mit uns, Sankt Cyprian.

Sankt Nikolaus

Sankt Nikolaus trug die Lasten anderer, wo er nur immer vermochte. Als er einst vor den Toren der Stadt Aconita einem Packesel mit seinem Treiber begegnete, nahm er dem Esel die beiden Säcke Mehl ab und schleppte sie auf seinem durch Geißelung und Tortur schon zerschundenen Rücken bis in die Backstube des Bäckers.

Eines Nachts, da er in seiner Zelle erwachte, sah er einen goldnen Stern dicht über seinem Haupte schweben. Er wusste in seiner Einfalt nicht, was dieser Stern zu bedeuten habe und erzählte dem gelehrten Bruder Peregrinus den goldnen Traum. Der aber deutete ihn leicht und sprach: O »Heiliger Vater, der Stern, dies ist das Zeichen Eurer Heiligkeit! Achtet nur, wann er wieder erscheint und wohin er versinkt oder vergeht.«

In der Nacht erwachte Sankt Nikolaus, und wieder stand der Stern über ihm. Als er aber entschwebte, erhob sich Sankt Nikolaus vom Lager und folgte ihm behutsam. Da sah er, wie der Stern wie ein Glühkäfer den Kreuzgang des Klosters entlang schwirrte, durch das offene Tor in die Kapelle schwebte, bis er vor dem Altarbild der Mutter Gottes und des Jesusknaben einen Augenblick stille stand, um dann sich mit dem holzgeschnitzten,

goldlackierten Stern strahlend zu vereinigen, der vom Holzschnit-
zer über der Stirn des Jesusknaben angebracht war. Da wusste
Sankt Nikolaus, dass er dem rechten Sterne folge, und beschloss,
ihn nimmer aus Auge und Herz zu verlieren.

Leuchte auch uns, Stern von Aconita, bis in die sanften Gefilde
der Seligen!

Mariae Verkündigung

Von unserer lieben Frau

Unsre liebe Frau ist von unsäglicher Güte und Gnade erfüllt. Sie sieht auf Stand nicht noch Bildung, auf Rang nicht noch Ansehen bei denen, die ihr aufrichtig dienen. Ihr ist ein helles Herz, wenn es auch unter zerlumpten Kleidern schlägt, lieber, als ein dunkler Sonntagsrock. Und oft hilft ein gutes Wort, zur rechten Zeit gerufen, mehr als tausend gute Taten.

Ein Mörder, den man hing, rief einst in seiner letzten Minute, nachdem er jahrelang der Madonna Namen vergessen und ihrer in seinem lasterhaften Treiben gar nicht gedacht: »Hilf, Maria!«

Seine Seele verließ den Körper. Da kam der Teufel und beanspruchte sie für sich. »Jahrelang«, so begründete er seine Forderung, »hat er in meinem Sinn und aus meinem Willen heraus gehandelt. Er ist ein Lump, ein Ehebrecher, ein Prasser, ein Wollüstling, ein Räuber und Mörder gewesen. Seine Seele gehört mir mit Recht und Gerechtigkeit zu eigen.«

Da erschien unsre liebe Frau in einer lichten Wolke und verkündete: »Er hat in der letzten Sekunde, ehe sein Geist entfloh, sein übles Tun bereut und meinen Namen und meine Hilfe gerufen. Er soll umsonst nicht gerufen haben. Fahre von hinnen, Satanas, denn diese Seele ist mein.«

Und es war ein Dieb voll wunderlichen Wesens. Der hatte die Mutter Gottes zu seiner Schutzpatronin erkoren. Jedes Mal, bevor er an sein schlimmes Handwerk ging, befahl er sich in ihren Schutz und bat sie, sein Vorhaben zu segnen – gleich, als ging es zu frommer Pilgerfahrt.

Wem möchte solch frevles Beginnen nicht als Gottesspott und Lästerung erscheinen? Nicht also unsrer heiligen Frau. Sie spürte den echten Kern hinter der rissigen Schale. So oft er den Schergen der Justitz auch entronnen – er vermeinte durch seine demütigen

Gebete an die Jungfrau, die ihn schützte –, eines Tages fingen sie ihn doch und hängten ihn an den Galgen. Da hing er nun zehn Tage. Als aber die Gerichtsknechte am elften kamen, seinen Leichnam loszuschneiden, waren sie nicht wenig erstaunt, den Dieb noch lebend vorzufinden. »Die Heilige Jungfrau, die süßeste Frau, hat mich bewahrt«, so sprach er, als er die Leiter herniederstieg, »dass der Tod, der in Gestalt eines schwarzen Raben mich zehn Tage umflatterte und umflog, mir nichts anzuhaben vermochte. Gelobt seist du in Ewigkeit, Maria.« Und ging hin und ward ein Mönch, und führte von nun an ein Leben der Buße und der Besserung.

Wir wollen uns nicht in Eitelkeit und Pfauenwahn erheben über diesen Mörder und diesen Dieb. Vielleicht, wer weiß, sind wir der heiligen Gnade bedürftiger denn sie.

Hier folgt ein Lied zum Ruhm und Preis der Heiligen Jungfrau:

Ich muss springen,
Hör ich klingen
Deinen Namen, Maria.
Allen Dingen muss es gelingen,
Wie du willst, Maria.
Du Wünschelstab, Maria.

Cherubim,
Seraphim
Singen dir Lob, Maria.
Wer da hegt,
Wer da trägt
Herzeleid, der rufe:
Hilf, milde Magd, Maria!

Sankt Lucas

Dem heiligen Lucas erschien im Traum eine englische Erscheinung, die sprach: »Steh auf, Sankt Lucas, du sollst das Angesicht unsrer lieben Frau malen, damit ein Bildnis ihrer auf die Nachwelt komme.« Sankt Lucas erhob sich im Morgengrauen und schritt demütig zur Hütte, in der Maria wohnte, nahm auch Pinsel und Palette, Leinwand und Farbenkasten, in seinen Mantel eingeschlagen, mit, denn er war ein geachteter und berühmter Maler schon zuvor. Dort begrüßte er nun in aller Demut und Unterwürfigkeit die Heilige und tat ihr sein Anliegen und den nächtlichen Besuch des Engels kund. Da lächelte Maria, wie nur sie zu lächeln vermag, und setzte sich im Freien vor der Hütte unter den Bäumen in Positur. Und Sankt Lucas stellte seine Staffelei und seinen Farbenkasten auf, nahm allerlei Maß und begann alsbald zu zeichnen und zu malen. Von den Wolken hernieder aber schwebten Amoretten und Putten und kleine Engel. Einige bildeten einen Kranz und schlangen sich spielerisch um Maria, die kamen mit auf das Bild. Andere aber standen, die Flügel gefaltet, hinter ihm, beäugten neugierig das Wunderwerk, das hier ward, oder halfen ihm Farbe reiben und reichten ihm die Pinsel zu.

So schritt die Arbeit rüstig fort, als die Abenddämmerung allzu früh hereinbrach und des Künstlers Arbeit hemmte. Das Bild war fast, aber doch nicht ganz vollendet. Es fehlte den Augen der Maria das letzte Leuchten. Ihrem Mund ein Atom an Lächeln, und ihrem ganzen Wesen ein Hauch Allmütterlichkeit. Seufzend packte Sankt Lucas sein Gerät zusammen und verabschiedete sich mit dem Versprechen, morgen wiederzukommen und das begonnene Werk im Herrn zu vollenden. In der Nacht aber wurde Maria in den Himmel abberufen, und als Sankt Lucas am nächsten Tag an die Tür ihrer Hütte pochte, antwortete ihm keine Stimme.

Und als er öffnete, sah er das Irdische der heiligen Mutter blass und regungslos auf dem Lager liegen. – So kam es, dass es kein vollendetes Bild von der heiligen Frau auf Erden gibt. Auch die größten Maler aller Zeiten: ein Raffael, ein Bellini, ein Fra Angelico haben nur einen schwachen Abglanz ihrer auf die Leinwand gebracht. Immer fehlt ein Letztes: Dem gelangen die Augen, aber er verfehlte gänzlich die Lippen. Der malte die schönsten und zärtlichsten Hände, aber ihre Stirn war viel zu streng, ihr Haar zu wenig blond und sonnengold. Dem Einzigen, der sie zu ihren Lebzeiten ganz und vollkommen hätte malen können, nahm der Tod den Pinsel aus der Hand. – Aber es soll wohl so sein. Ein jeder soll sich sein Bild von der Madonna machen. Sie wird es segnen, auch wenn es nicht so trefflich gelingt. Das Leben bleibt Stückwerk. Auch wir schreiten unvollendet hinüber.

Hilf uns, Sankt Lucas, unser Bild im himmlischen Reich zu vollenden. Dort hast du Gold und Rosenrot, Morgenrot und Himmelblau auf der Palette – Farben, nach denen wir grau und schwarz bemalten Menschen so selige Sehnsucht tragen. Heb uns aus dem Schatten ins Licht. Lass uns leuchten wie Stern und Sonn und Mond, Sankt Lucas.

Die heiligen sieben Schläfer

Zu Zeiten des Kaisers Decius fand eine große Christenverfolgung statt. In den Straßen der Stadt Ephesus floss das Blut der Gläubigen in Strömen. Dazumal lebten in dieser Stadt sieben Männer namens: Malchus, Maximianus, Serpion, Marimon, Konstantinus, Dionysius und Johannes. Diese sieben flohen vor der Wut und dem Blutdurst der heidnischen Landsknechte in das nahe Gebirge und bargen sich in einer steinernen Höhle, aus der nur täglich einer der sieben herabstieg, heimlich Brot in der Stadt zu kaufen.

Als eines Tages Serpion an der Reihe war, wartete er nicht die Dämmerung zur Heimkehr ab, sodass die Soldaten auf seine und der sieben Christen Spur kamen. Der Hauptmann sah, dass die sieben Männer in der Höhle saßen wie die Mäuse im Mauseloch. Er lachte ein schmutziges Lachen der Schadenfreude und befahl, die sieben in ihrer Höhle einzumauern. Gott aber sandte den sieben einen wohltätigen Schlaf, dass sie entschliefen und nichts vom Anschlag ihrer Widersacher bemerkten.

Des Kaisers Decius Gebeine dorrten längst, die heilige Lehre hatte sich weit und weiter verbreitet, Theodosius saß auf dem Thron, der ein Christ war: Da ließ eines Tages ein reicher Mann, zu dessen Besitztum die Höhle gehörte, die Mauer niederbrechen, weil er ein Landhaus dort sich zu errichten gedachte. Da erwachten die sieben Schläfer vom Lärm der Maurer und rieben sich schlaftrunken die Augen. Und weil sie Hunger verspürten, sandten sie am Abend Malchus nach Ephesus, Brot herbeizuschaffen. Dieser stieg vorsichtig den Berg hinab – wie verwunderte er sich aber, Ephesus so verwandelt anzutreffen. Die Bäckerei, da er, noch gestern, wie er meinte, Brot gekauft, bestand nimmer. Auch erfuhr er zu seinem nicht geringen Erstaunen, dass Ephesus eine christliche Stadt geworden sei über Nacht … Als er in einer fremden Bäckerei sein Geld in Zahlung geben wollte, schüttelte der Bäcker den Kopf und meinte, diese Münze könne er nicht in Zahlung nehmen, da sie den Kopf des Kaisers Decius zeige, der schon vor dreihundert Jahren verstorben sei und also nicht recht mehr gelte. Jetzt regiere der großmächtige Kaiser Theodosius, wie ihm ja wohl hinlänglich bekannt sein dürfe. Malchus sperrte Mund und Augen auf. Dann machte er das Zeichen des Kreuzes und versank in Ohnmacht. Als er aber auf der Wache, wohin man ihn gebracht, erwachte, sprach er, und eine heilige Heiterkeit beglänzte ihn: »Kommt, meine Brüder, mit mir zu meinen Gesellen im Berge Celon und seht das Wunder: dass Gott uns rettete vor dem Wüten der Heiden und Barbaren und uns schlafen ließ zweihundertundzweiundsiebzig Jahre, bis dass Ephesus christlich geworden.« – Und sie zogen hüpfend und psalmodierend, Malchus an der Spitze, zum Berge Celon, von welchem sie die sieben heiligen Schläfer im Triumph heimholten und vor den Kaiserthron trugen, wo sie ihr Schicksal in wohlgesetzten Worten berichten mussten.

Manchem unter uns möchte es wohl erwünscht sein, dass Gott ihn diese schlimme Zeit so sanft verschlafen ließe wie einst die heiligen sieben Schläfer Not und Tod verschliefen. Da dies nun aber nicht sein kann, denn wir sind unheilig allzumal, so bitten wir um einen milden Schlaf in unseren Nächten zur Erholung von unseren wilden Tagen und um einen seligen Schlaf in Ewigkeit dereinst.

Sankt Genoveva

Sankt Genoveva hatte den Schleier genommen und war eine Nonne geworden. Fromm und einfältig diente sie dem Herrn in Treue. Über alles aber liebte sie es, armen Kindern wohlzutun. Sie sättigte sie mit Brot und Milch, kleidete sie und spielte mit ihnen im Klostergarten. Sie war eine heilige und ehrbare Jungfrau, aber in ihrer jungfräulichen Brust schlug ein mütterliches Herz. Oft kniete sie seufzend im Gebet vor der Madonna mit dem Jesuskind und sprach: »O Mutter Gottes, auch du warst eine Jungfrau, aber du wurdest begnadet und dein Leib ward gesegnet, und du empfingest unbefleckt. – Dass doch auch ich ein Kindlein haben dürfte ... Aber ich bin nur eine arme Nonne.« – Und ihre Tränen benetzten die Betbank.

Es rückte aber das Fest der Heiligen Weihnacht heran. Da war es in dem Kloster Sitte, dass am Altar eine leere Wiege niedergestellt wurde, darein man sich das Christkind dachte und eine Nonne bestellt ward, unter Lob- und Preisliedern der Schwestern das Christkind zu wiegen. Dieses Jahr nun war Genoveva an der Reihe, das Christkind zu wiegen.

»Puer natus in Bethlehem, eia
Unde gaudet Jerusalem, eia«

sangen die frommen Schwestern. Und wie Genoveva zart die Wiege wiegte, als ob das Jesuskind selbst darin liege: da ertönte plötzlich leises Weinen aus der Wiege, und wie sie sich darüber beugte, lag ein nacktes kleines Kind darin, das sie mit großen blauen Augen betrachtete. – Da rief Genoveva die Nonnen herbei, das Wunder zu betrachten und pries die Heilige Jungfrau, die ihr dies Kind zu Weihnacht geschenkt und ihre Bitten erhört hatte. Sie nahm es in ihre Zelle. Da floss, o Wunder, Milch aus ihren Brüsten, als habe sie das Kind geboren. Sankt Genoveva war wie eine Mutter zu dem Kinde, das vom Himmel gefallen war und darum Coelia, die Himmlische, getauft wurde. Coelia sollte das Kloster nie verlassen und nahm zu seiner Zeit wie Genoveva den Schleier. Denn sie stand an Heiligkeit Sankt Genoveva nicht nach. Sankt Genoveva aber ist die Schutzheilige der Mütter.

Sankt Macarius

Einst in einem Hohlweg begegnete der böse Feind Sankt Macarius und sprach: »Ich bin stark und gewaltig und allmächtig. Alles, was du vermagst, vermag ich leicht: Ich vermag zu fasten, mich zu kasteien ohne Schmerzen zu empfinden, sieben Tage nicht zu schlafen. Eines aber vermag ich nicht und ist nur ein Ding, damit du mich überwindest ...« Sprach Macarius: »Was ist das?« Sprach der böse Feind: »Deine Demut „,«, und ging

Ein andermal begegnete Sankt Macarius wiederum dem bösen Feind. Der trug einen Mantel, der war zerlöchert und zerlumpt ganz und gar, und aus jedem Loch sah der Hals einer Flasche. Sprach Macarius: »Warum trägst du so viel Flaschen in deinem Mantel?« Sprach der böse Feind: »In diesen Flaschen sind all die Tränke und Tränklein, süß schmeckend, hold duftend, mit denen ich die Menschen betöre und verlocke. Und mundet so manchem auch das eine oder andere Getränk nicht: Ich finde unter all den vielen Flaschen schon eine, danach ihm lüstern der Gaumen leckt. Und wer einmal von meinen Weinen getrunken, der verlangt immer wieder nach ihnen. Denn sie schmecken am Anfang süß wie griechischer oder spanischer Wein. Und das bittere Ende kommt erst nach.«

Sankt Macarius ging in die Wüste. Um aber den Weg heim zu finden, hatte er sich Rohrstöcklein geschnitten, die steckte er als Wegzeiger von Zeit zu Zeit in den Sand. Abends legte er sich zum Schlafen. Am Morgen fand er alle Rohrstöcklein in einem Haufen zu seinen Häuptern. Der böse Feind hatte sie entfernt, dass er den Weg nicht mehr zurückfände. Aber als Macarius sich im Vertrauen zum Herrn auf den Weg machte, sah er überall, wo er ein Rohrstöcklein in die Erde gesteckt, einen Dattelbaum aus der Wüste sprießen, der ihm Schatten und süße Früchte spendete.

Unter solch einem Baume war es, dass ihn eine große Mücke stach. In plötzlich ausbrechender Wut und im Schmerz des Bisses tötete er sie. Als er aber ihr Blut fließen sah, empfand er, dass er unrecht getan und ein Gottesgeschöpf gemordet habe. Und schritt nackt in die Wüste zurück, dahin, wo kein Baum mehr stand, es keine Frucht und keinen Schatten mehr gab. Da gab er sich den Mücken preis, darum, dass er eine von ihnen getötet, und ein dichter Schwarm ging wie eine Wolke auf ihn nieder, und sie stachen ihn zu Tode. So starb Sankt Macarius den Märtyrertod von den Bissen der Mücken und Schnaken.

Sankt Elisabeth

Es ward über Sankt Elisabeth verhängt, dass der Teufel selbst ihr Beichtvater sein solle. Dieser schlüpfte in die Gestalt des Magister Konrad von Marburg. Es war kein Wort zu roh, das er ihr nicht vorwarf wie einen Klumpen Kot, wenn sie zu ihm kam, das christliche Brot der Absolution ihrer ach so geringen Sünden von ihm zu erflehen. Denn welches waren ihre Sünden? Dass sie allzu freigebig ihr Gut und Geld den Armen gab, dass sie die Kleider sich vom Leibe riss, die Blöße armseliger buckliger alter Frauen zu bedecken. Dass sie ihre Niedrigkeit recht einsehe, schlug er die hohe Frau mit einer Geißel, dass ihr das Blut in Bächen vom nackten Rücken herniederfloss. Er nahm ihr all ihre Dienerschaft, nahm ihr die vertrautesten und liebsten Freundinnen und gesellte ihr zur Wartung bei: eine abschreckend hässliche Jungfrau mit einem Geierkopf und Ochsenfüßen, die aussah, als wäre sie der Hölle selbst entstiegen, sowie eine taubstumme ältere Witwe, die ihre Wünsche oder Sorgen nicht einmal zu hören oder aufzunehmen imstande war. Dazu war die Jungfrau mit dem Geierkopf voll Bosheit und Arglist, die üble Rede über sie führte und ihr die Hälfte ihres kargen Mahles wegaß. Scheinheilig aber schrieb Magister Konrad an den Papst: »Ich gab Elisabeth die hässliche grobe Magd und die taubstumme Witwe bei, damit durch die Magd ihre Demut gemehrt und durch die Witwe ihre Geduld geübt werde.« – Eines Tages, als Konrad sie zur Predigt befahl, folgte sie nicht sogleich, da sie mit der Pflege eines Aussätzigen beschäftigt war. Als sie dann vor ihm erschien und sich entschuldigte, schlug er sie, dass sie fast in Ohnmacht zusammensank. Sie aber litt geduldig die Pein. Und erzählte ihren Dienerinnen, dass Gott sie getröstet habe, denn der Magister habe sie bis in den dritten, den himmlischen Chor geschlagen, also dass sie die Engel und Jesum Christum in leibhaftiger Gestalt vor sich sah. Als der Magister diese Rede erfuhr, sprach er: »Warum habe ich sie nicht bis in den neunten Chor geschlagen?« – Sankt Elisabeth war die Gemahlin des Landgrafen Ludwig von Hessen. Dieser, der sie sehr liebte, war mit der Verschwendung, die sie trieb, nicht einverstanden und machte ihr öfter Vorhaltungen. Einstmals traf er sie vor der Burg mit einem Korb voll feinsten Weißbrotes, den sie der Hofküche entwandt hatte, um es den Armen in Marburg zu bringen. Da herrschte er sie an: »Was hast du in dem Korb?« Sie aber errötete vor Furcht und gab zur Antwort leise: »Rosen ... die ich an den Hecken gepflückt ...« Der Landgraf schlug die Decke vom Korb zurück – da hatten sich die weißen Brote in rote Rosen verwandelt. Denn Gott wollte seine Heilige nicht Lügen strafen. Dies ist das Rosenwunder der heiligen Elisabeth. Ein andermal, als ihr Gemahl verreist war, hatte sie einen Siechen zu sich ins Bett genommen, ihn besser zu pflegen. Der Landgraf kehrte unvermutet von seiner Reise zurück. Da hinterbrachte eine boshafte Magd ihm, dass seine Gattin einen fremden Mann bei sich im Bette liegen habe. Erregt und außer sich stürzte der Landgraf in die Kammer, schlug die Bettdecke zurück: und sah den lieben Herrn Jesum Christum in all seinen blutigen Wunden. Da fiel er auf die Knie und sprach: »Herr, erbarm dich über mich armen Sünder. Ich bin nicht wert, dass ich solche Wunder sehen soll. Hilf mir, dass ich ein Mensch werd nach deinem Willen!«

Das Schweißtuch Christi

Sankt Goar

Am Rhein ist eine kleine Stadt gelegen, St. Goar genannt. Diese trägt ihren Namen von dem heiligen Goar, der vor tausend Jahren dort seine Zelle baute. Sankt Goar hatte vielerlei Anfechtungen zu erdulden, da man ihm seine Heiligkeit nicht glauben wollte. Seine innige Heiterkeit hieß man frevelhaften Übermut, seine Gastfreiheit Völlerei, seine Frömmigkeit Heuchelei, seine Zeichen und Wunder Blendwerk der Hölle. Er aber war unverzagt und guter Dinge und sah nicht nach außen, sondern nach innen: Dort war ihm eine Welt aufgebaut: Bäume und Blumen nicht von dieser Erde und Teiche voll fließenden Silbers und Türme und Kapellen aus reinem Marmor. Und Gestalten wandelten in dieser Welt: leicht wie der Wind und glänzend wie die Sonne. – Einst suchten zwei Knechte des Bischofs von Trier um Nachtlager bei dem Einsiedler nach, da sie sich auf der Jagd verspätet hatten. Voller Freude bereitete ihnen Sankt Goar das Lager und aß und trank mit ihnen, was seine kahle Küche bot. Am nächsten Tage ritten die beiden Knechte nach Trier und hinterbrachten dem Bischof Rustikus, dass der Einsiedler Goar ein sehr üppiges und schwelgerisches Leben in seiner Einsamkeit führe. Auch behaupteten sie, dass sie nachts in seiner Schlafkammer ein leichtfertiges Frauenzimmer beobachtet hätten, mit der der Einsiedler in unzüchtiger Gemeinschaft lebe. Es mag aber sein, dass sie eine Erscheinung der heiligen Maria, die sich oft zu Sankt Goar herniederneigte, mit angesehen hatten. Der Bischof, der ein arger Mensch war, glaubte den Lügen und Verleumdungen der zwei und befahl ihnen, Sankt Goar nach Trier zu bringen. Sie machten sich auf den Weg und trafen Sankt Goar und zogen mit ihm fürbass. Es war ein unerträglich heißer Tag. Alle Quellen des Waldes waren verdorrt. Gegen Mittag glaubten die Knechte schier verdursten zu müssen. Da trat eine Hirschkuh aus dem Walde. Sankt Goar befahl ihr, stillezustehen. Er ging auf sie zu und melkte sie und gab den Knechten zu trinken. Am Bischofssitze angelangt, sprach der Bischof hochfahrend zu ihm: »Nun wollen wir einmal sehen, was dieser Sankt Goar für Wunder tut.« – Sankt Goar, der kurzsichtig war, suchte einen Riegel, an dem er seinen Mantel aufhängen könne. Und da die Sonne durch eine Türspalte einen goldenen Strich an die Wand malte, hielt er diesen Strahl für eine goldne Stange und hängte seinen Mantel daran auf. Der Bischof erblasste und sprach: »Dies ist des Teufels Werk.« Sankt Goar aber wusste nicht, was jener meine. Da trat ein Knecht in den Saal, ein neugebornes Kind auf dem Arm, das er in einer Kapelle aufgelesen, denn die unehelichen Mütter, die sich ihrer Kinder entledigen wollten, pflegten sie in den Kirchen auszusetzen, vermeinend, der Herr werde sich der Ärmsten besser annehmen, als sie selbst es vermöchten. Da sprach der Bischof: »Hier hast du Gelegenheit, deine Wunderkraft zu erweisen. Befiehl dem neugebornen Kind, zu sagen, wer sein Vater und seine Mutter sei.« – Da befahl Sankt Goar im Namen der allerheiligsten Dreifaltigkeit dem Kind, dass es seine Eltern nenne. Das Kind, das drei Tage alt war, tat den Mund auf und sprach vernehmlich und bestimmt: »Meine Mutter ist die Dirne Flavia und mein Vater … der Bischof Rustikus.« – Da entsetzte sich der Bischof und brach in die Knie vor Sankt Goar und sprach: »Ja, du bist ein heiliger Mann, ich aber ein Sünder, verdammt und verworfen. Ich erkenne es, ich bekenne es.« – Da sprach Sankt Goar: »Steh auf, mein Freund, ich will sieben Jahre Buße für dich tun.« – Du büßtest auch für uns, Sankt Goar.

Sankt Cecilia

Das Kloster unsrer lieben Frau regierte mit milder aber fester Hand eine junge, schöne Äbtissin namens Gertrudis. Die hatte einen Bruder, der war ein Ritter. Dieser ritt eines Tages am Kloster vor und bei ihm im Sattel lag, die Augen geschlossen, das blonde Haar wirr in die Stirn hängend und Fieberschweiß auf den Wangen, ein schöner Jüngling, sein Freund, der auf der Jagd in der Nähe des Klosters schwer verunglückt war, indem ein wilder Eber ihn mit seinem Horn bedrängt und verwundet und in einen Abgrund gestoßen hatte. Die Äbtissin nahm den Jüngling liebreich auf und pflegte und hegte ihn nach dem christlichen Gebot der Nächstenliebe. Je mehr er aber gesundete, umso mehr verlor sie die rote Farbe ihrer Wangen und erkrankte tief in ihrem Herzen. Sie geißelte und kasteite sich in ihrer Zelle. Umsonst: Das Bild des schönen Jünglings erstrahlte nur umso verführerischer und glänzender vor ihrer Seele. Auch der Jüngling war vom Liebreiz der jungen Äbtissin derart gefangen, dass er vermeinte, er wäre besser unter dem Zahn des Ebers verreckt, als dass er leben solle ohne ihren Besitz. Und er gestand ihr seine Liebe. Da ging sie Nacht für Nacht in die Klosterkapelle in ihrer Herzensangst, und jede Nacht erbat sie von einem andern Heiligen einen Rat. Aber die Heiligen schwiegen. Nun hing in einer Nische ein wundersames Bild der heiligen Cecilie. Davor trat sie in der siebenten Nacht und neigte die Knie und sprach: »Heilige Jungfrau, sieh, wie ich leide. Ich kann nicht leben und sterben ohne den Ritter. Dir befehl ich des Klosters Geschäfte, bis ich wiederkomm ...« Und legte das Schlüsselbund am Bild nieder und verließ noch in der gleichen Nacht mit dem Ritter das Kloster. – Und sie lebte selig draußen in der Welt mit dem Ritter ein Jahr. Danach starb der Ritter an einer tückischen Krankheit in ihren Armen. Nachdem sie ihn begraben und Rosen und Nelken und eine Trauerweide an sein Grab gepflanzt hatte, kehrte sie, die Abschiedstränen noch im Auge, in ihr Kloster zurück. Und siehe, da saß am Fenster der Pforte Sankt Cecilia in ihrer, der Gertrudis Gestalt, die hatte das Jahr die Geschäfte des Klosters geführt, als hätte sie es nicht verlassen. Und sie öffnete das Tor und sprach: »Verirrtes Schaf, fandest du doch zurück zu deiner Herde?« – Inbrünstigen Dankes voll und voller Reue sank sie vor Cecilia nieder. Die sprach: »Steh auf, niemand weiß, dass du so lange fortgewesen. Hier ist das Schlüsselbund. Verwalte dein Amt wie zuvor und falle nicht wieder in Versuchung!« – Und gab ihr die Schlüssel und entschwand in der Dämmerung der Kapelle.

Sankt Gregorius

Als König Markus zu sterben kam, rief er seinen Sohn ans Lager und befahl ihm, das Reich recht zu regieren und der Prinzessin, seiner Schwester, in Liebe und Milde achtzuhaben. Darauf verschied er. Der Prinz tat, wie ihm geheißen. Er regierte das Reich in Güte und Rechtlichkeit und liebte seine Schwester über alles. Diese Liebe nahm seine Sinne schließlich aber derart gefangen, dass er, seiner Vernunft nicht mehr mächtig, sie in einer Nacht umarmte wie ein Gatte seine Gattin. Zu spät ergriff ihn die Reue. Die Prinzessin wurde schwanger. Da sagte er der Welt Ade und zog in das Heilige Land, Buße zu tun, wo er im Kampf gegen die Ungläubigen ein christliches Ende fand. Die Prinzessin gebar in aller Heimlichkeit bei vertrauten Dienern einen Knaben, den ließ sie in eine goldene Wiege, die Wiege aber in ein Fass setzen, und zu Füßen des Knaben legte sie einen Schatz Goldes. Und schrieb auf eine Tafel: »Dies Kind ward von einem Bruder mit seiner Schwester gezeugt. Wer es finde, lasse es taufen, ein Handwerk oder Gewerbe lernen und behalte den Schatz.« – Sie gab die Tafel in das Fass und ließ das Fass ins Meer ausstoßen, damit es treibe, wohin es Gott beliebe. Es war aber ein Kloster am Meer gelegen, dessen Abt sprach zu den Fischern: »Auf, ihr Fischer, fischt uns etwas Gutes für die Fastentage!« Und die Fischer warfen ihre Netze, fingen aber keinen Fisch darin, sondern ein Fass, in dem eine goldne Wiege lag und in der Wiege ein kleines Kind. Dieses brachten sie zu dem Abt, der sprach: »Ei, was habt ihr für einen Fischzug getan!«, und die Tafel zu Häupten des Kindleins las. Da schüttelte er den Kopf und taufte das Kind auf seinen Namen, der Gregorius war, und gab es zu einem Fischer in Kost und Pflege. Als es aber das gehörige Alter erreicht hatte, unterwies er es selbst im Katechismus und allen heiligen Dingen und bestimmte es zum Priester. Gregorius übertraf alle seine Altersgenossen an Klugheit und Tugend. Durch einen Zufall erfuhr er aber eines Tages von den Fischern die Ursache seiner Geburt, indem er die Tafel mit den Worten seiner Mutter entdeckte. Da rief er dreimal Wehe! »Ich will für die Sünden meiner Eltern Buße tun und ins gelobte Land reisen.« Das Schiff, das ihn trug, zerschellte jedoch während eines Sturmes an der Küste unweit der Stadt, da seine Mutter seit dem Tod seines Vaters residierte. Diese war in schwerer Bedrängnis, denn ihr Nachbar, der Herzog Othmar, überzog sie mit Krieg, weil sie seine Werbung zurückgewiesen hatte. Gregorius kam mit seinen Gefährten in die Stadt, und da er von der Not der schönen Frau vernahm, bot er ihr durch ihren Seneschall seine Hilfe an, denn er war in allem ritterlichen Handwerk wohlerfahren. Er ritt für sie in die Schlacht, es gelang ihm, Herzog Othmar zu töten und die Feinde in die Flucht zu schlagen. Da bat das Volk durch den Seneschall die Königin, dem Sieger ihre Hand zu reichen, damit das Land wieder die feste Hand eines Herrn und Königs verspüre. Solches tat die Königin, und so wurde unter großem Pomp Gregor mit seiner Mutter ehelich verbunden. Sie lebten voller Liebe und Eintracht ein ganzes Jahr, denn eine unerklärlich heftige Gewalt zog sie zueinander. Da fand die Königin eines Tages den König tränenüberströmt in seiner Kammer, das Haupt auf eine Tafel gebettet. Als sie sich über ihn beugte, die Worte, die auf der Tafel geschrieben standen, zu lesen, erschrak sie, dass ihr das Herz stillezustehn schien. Denn es waren die Worte, die sie einst geschrieben, und ihr Gatte konnte niemand anders als ihr Sohn sein. Da rief sie viele Male Wehe. Gregor aber sprach, nachdem sie sich ihm zu erkennen gegeben: »Ich will in die weite Welt und so lange wandern, bis Gott uns unsrer Schuld, die wahrlich groß ist, ledig gesprochen.« Und zog den gleichen Tag von dannen und kam zu jenem Fischer, der ihn einst aufgezogen und sprach zu ihm: »Fahre mich zum Felsen des Leides, wo der Tränenquell ins Meer fließt.« Und der Fischer fuhr ihn zum Felsen, und Gregor ließ sich an den Felsen schließen und den Schlüssel ins Meer werfen, wo ihn ein Fisch verschluckte. Siebzehn Jahre tat Gregor, an den Felsen gekettet, Buße. Und aß allein die Luft und trank allein das Licht mit seinen Augen. Im achtzehnten Jahre seiner Buße starb der Papst in Rom. Da erscholl in Rom aus den Wolken eine Stimme an das Volk: »Ihr sollt den Heiligsten zum Papst machen. Sein Name aber ist Sankt Gregorius.« – Da ließen sie hin und her im Lande den Namen Gregorius rufen. Das hörte der Fischer am Meer und fuhr die Boten zu Gregorius am Stein. Und als sie aus dem Boot stiegen, da flog ein fliegender Fisch vor ihnen auf, der spie den Schlüssel aus, den er einst verschluckt, und der Fischer nahm ihn und schloss Sankt Gregorius vom Felsen und sie führten ihn im Triumph nach Rom und auf den Papstthron. Um diese Zeit unternahm die Königin, seine Mutter, eine Wallfahrt nach Rom, ohne von der Heiligkeit und dem Papsttum ihres Sohnes zu wissen. Sie begehrte, dem Heiligen Vater zu beichten, und beichtete ihrem Sohne. Da erfuhr er, dass es seine Mutter sei, und der Sohn sprach seine Mutter aller Sünden ledig im Namen des Erlösers.

Sankt Alexius

Alexius, ein reicher römischer Jüngling, verließ seine Gattin in der Hochzeitsnacht und ging in die Welt. Er tat dreizehn Jahre Buße in Kleinasien und stand auf einer Säule in der Wüste, ohne sie je zu verlassen. Nach dreizehn Jahren aber sandte ihm Gott eine Taube. Da stieg er hernieder und kehrte nach Rom zurück und trat als Fremdling in sein eigenes Haus und diente unerkannt seiner Gattin als niederer Sklave. Als er aber, von Leid und Auszehrung geschwächt, auf der Totenbahre lag und die Leichenwäscher ihn schoren und wuschen, erkannten sie in ihm Alexius und riefen seine Gattin, die den Ring an seiner Hand fand, den sie ihm einst zum Verlöbnis gegeben. Da jammerte sie und weinte und schlug sich an die Brust. Das Volk von Rom aber kam an seine Bahre, von der ein süßer Duft ausging. Und sie brachten Sieche und Leidende aller Art. Und wer den Leichnam des Sankt Alexius berührte, der ging geheilt von dannen und lobpries das Wunder des Herrn.

Sankt Katharina

Katharina von Siena an Gregor IX.

Heiligster und ehrwürdigster Vater in Christo, dem süßen Jesus. Eure unwürdige Tochter Katharina, Dienerin und Magd der Diener Christi, schreibt Euch in seinem kostbaren Blute. Der Himmel ist aufgetan. Ich sehe Christus wie einst in meinem sechsten Jahre, da er mit der Lilie herniederstieg, sich mir anzuverloben und mir den Rubinring an den Finger fügte: unverrückbar fest, dass ich an ihm nicht drehn und deuten kann seither. Diese Nacht begann der Rubin Blut zu tröpfeln, und mein Herz blutete, und mein Verlangen, der armen, gepeinigten und gequälten Menschheit zu helfen, schwoll über wie ein Bergstrom im Hochwasser. Macht Friede, holder Herr, Friede mit Eueren Feinden, Friede, Friede, Friede auch mit Euch. Es ist des Heilands Wille, dass Ihr diesen Frieden anstrebt mit allen Euren Kräften, und er will, dass Ihr durch ihn wirket, soviel Ihr vermögt. Ach, nicht scheint er zu wollen, dass wir große Sorge tragen um irdische Macht und Herrschaft und Herrlichkeit: dass wir vergessen und nicht bedenken in unsrer Herrschsucht und in unsrem Machtwahn, welche Gräuel und Bosheit und Laster und Verbrechen der Krieg im Gefolge hat und wie er zehrt an der Reinheit unsres Wollens und unsrer Seele und wie lästerlich es ist, Waffen zu segnen, bestimmt, eines armen Menschenbruders Herz zu durchbohren. Schlug dieses Herz nicht auch dem süßen Jesus entgegen, und sahen seine Augen nicht mit Entzücken die blauen Blumen und die Vögel im Gesträuch und die Sonne bei Tag und die Sterne bei Nacht? Wer hat ein Recht unter den Menschen, eines Menschenbruders Augen zu brechen wie einen billigen Spiegel und eine ganze kleine, die ganze große Welt zu zertrümmern? Der Herr will, dass Ihr Eueren Blick der frommen Erkenntnis zuwendet: dass Sanftmut besser sei denn Tollwut, ja Tollwut, und Anmut der Seele besser denn Übermut. Zwar könnt Ihr einwenden, heiligster Vater, dass Euer Gewissen Euch verpflichtet, das Gut der heiligen Kirche zu bewahren und zu mehren. O wollet bedenken, dass wertvoller als alles Gut, und sei es zu den heiligsten Zwecken bestimmt, die Güte selbst ist: die Güte, die zwecklos ist. Die nur in sich beruht und nichts will als sich selbst. Der Schatz der Kirche ist das Blut Christi, als Preis hingegeben für die Seelen, und dieser Preis ist nicht bezahlt worden für die weltliche und irdische Macht und Gewalt, sondern für das ewige Heil der Menschheit. Geben wir also zu, dass Ihr verpflichtet seid, die Herrschaft über die Städte wiederzugewinnen, die die Kirche verloren hat: so kann diese Herrschaft doch nie und nimmer eine weltliche sein. Versuchet, der Abtrünnigen und Aufrührerischen in Demut und Liebe Herr zu werden. Schreitet ihnen waffenlos entgegen, das blutende Herz Christi in der offnen Brust. Ihr werdet leichter sie bezwingen mit dem Blütenstab des Friedens, als mit der Dornengeißel des Krieges. Besser ist es, dem weltlichen Gold, als dem geistlichen Gold zu entsagen. Friede, Friede, um der Liebe des gekreuzigten Christus willen. Und achtet nicht Hoffart und Unwissenheit und Blindheit und Taubheit Eurer unbotmäßigen Söhne. Denn Ihr seid demütig, allwissend, weitsichtig und hellhörig. Euere übermenschliche Heiligkeit und die Macht Euerer Ohnmacht wird sie ins Knie zwingen. Denn der Mensch, der aus Liebe erschaffen ward, lässt durch nichts anderes sich so mächtig heranziehen als durch die Liebe. Durch Liebe des menschgewordnen göttlichen Sohnes wurde der Krieg überwunden, den der Mensch führte, als er gegen Gott sich empörte und sich der Tyrannei des Satans unterwarf. In dieser Weise sehe ich, dass auch Ihr, heiligster Vater, den Krieg überwinden werdet und die Macht des Satans in der Burg der Seelen Eurer Söhne. Denn der Satan lässt nicht durch den Satan sich vertreiben: aber durch die Kraft Euerer Milde und Liebe werdet ihr ihn daniederwerfen. Allein durch diese sanfte und gütige Art wird der Dämon überwunden werden. Ich hoffe auf Gottes höchste Güte und auf Eure Heiligkeit. Ich bin nur das geringste Lamm in seiner Herde, die unscheinbarste Veilchenblüte, die am Ufer seines unversiegbaren Stromes blüht, die schwächste Säule im mystischen Gebäude seiner heiligen Kirche. Vergebt mir die Vermessenheit, dass ich es wagte, Euch einen Rat zu erteilen. Der Rat kommt nicht von mir, sondern von dem, der ihn mir nachts in mein Ohr flüsterte. Gern hätte ich Euch in eigener Person gesprochen, um mein Gewissen vollständig zu entlasten. Sobald es Eurer Heiligkeit gefällt, dass ich zu Euch komme, werde ich willig kommen. Handelt so, dass ich mich nicht berufen muss von Euch auf Christus den Gekreuzigten, denn nur auf ihn könnte ich mich berufen, da es auf Erden keinen Höheren gibt als Euch. Verbleibt in Gottes süßer und heiliger Huld. Demütig bitte ich Euch um Euren Segen. Jesus dolce. Jesus Amore.

Sankt Dorothea

Sankt Dorothea wurde zur Zeit des römischen Kaisers Diokletian zur Marter und Richtstatt geführt. Da begegnete ihr ein Jüngling, der sprach: »Ihr Christen macht immer viel Gerede vom Garten des Paradieses: wie herrliche Blumen dort blühen, wie prächtige Früchte dort reifen. Heute noch wirst du im Paradiese sein, Dorothea. Vielleicht schickst du mir von dort einige Rosen und Äpfel ...« Die Heilige Jungfrau sprach: »Das will ich gerne tun.« Und in der Nacht nach der Hinrichtung erschien ein schönes blondes Kind, das einen Mantel trug, der ganz mit Sternen besät war, am Bett des Theophilus und reichte ihm einen goldnen Korb, in dem Rosen und Äpfel lagen. »Dies schickt dir«, sprach das Kind mit einer Stimme, die wie eine Flöte so süß klang, »Sankt Dorothea aus dem Paradiesesgarten.« Danach entschwand das Kind und ließ den Korb in den Händen von Theophilus. Es war aber Winterszeit, und keine Blumen und keine Früchte gab es auf Erden. Da bekehrte sich Theophilus und bekannte sich öffentlich zum Christentum und wurde enthauptet mit dem Beil, an dem das Blut der heiligen Dorothea noch nicht getrocknet war.

Hilf uns, dass auch wir solchen Bekennermut zeigen, Sankt Dorothea,

Sankt Augustinus

Sankt Augustinus ging am Ufer des Meeres in Gedanken versunken hin und her. Da sah er einen Knaben im Sand hocken und mit einer Muschel aus dem Meer schöpfen. »Was tust du da?«, sprach der Heilige. Das Kind lächelte: »Ich schöpfe das Meer aus ...« – »Du Narr«, sprach Sankt Augustinus. »Nie wirst du mit deiner kleinen Muschel das unendliche Meer ausschöpfen. Lass ab von deiner Kinderei.« Da stand der Knabe auf: »Sankt Augustinus, du glaubst klüger zu sein als ich. Wie töricht aber bist du doch. Du glaubst mit deinem geringen Verstand die Ewigkeit und ihr Walten begreifen zu können. Nichts anderes tust du als ich, der ich das Meer in diese kleine Muschel schöpfe.« Dem Knaben wuchsen goldne Flügel, und er erhob sich vor Sankt Augustinus und entschwebte über das Meer.

Sankt Franziskus

In der Umgegend des franziskanischen Klosters von Monte Casale hausten in den Wäldern drei berüchtigte Raubmörder, die die Reisenden überfielen und totschlugen und ein Leben voller Gräuel führten. Diese kamen in ihrem Übermut einmal an die Klosterpforte und baten den Bruder Pförtner, ihnen Brot und Wein zu geben, da sie hungerte und dürstete. Der Bruder schalt sie und sprach: »Ihr schlechtes Gesindel, schert Euch zur Hölle, daher Ihr gekommen seid. Wollt Ihr uns arme Klosterleute auch noch unsrer geringen Notdurft und Nahrung berauben?« – Da gingen die drei Raubmörder lachend von dannen. Als aber Sankt Franziskus von dieser Szene vernahm, ließ er den Bruder Pförtner kommen und sprach: »Du hast dich schwer verfehlt, Bruder Pförtner. Das Gebot der christlichen Nächstenliebe gebeut dir, einem jeden wohlzutun und nicht nach seinem Stand oder seinem Herzen zu fragen. Du hast den Räubern unrecht getan. Du musst es büßen. Geh jetzt in den Wald und nimm Brot und Wein und raste und ruhe nicht, bis du die Räuber getroffen hast, und wenn du sie getroffen hast, so knie vor ihnen nieder und biete ihnen Brot und Wein und bitte sie um Vergebung deiner Sünden.« – Da ging der Bruder beschämt von dannen und tat, wie Sankt Franziskus ihm geheißen und fand die Räuber, die durch seine Demut derart bestürzt und in ihrem Gewissen bewegt und gerührt wurden, dass sie abließen von ihren Untaten, Sankt Franziski Segen erbaten und in den Orden der Franziskaner traten, wo sie ein gottseliges Leben führten bis an ihr friedliches Ende.

Nicht die Gesunden bedürfen des Arztes. Im Himmelreich ist mehr Freude über einen bekehrten Sünder als über tausend Gerechte. Prüfe dich, ob du nicht etwa schuld daran bist, dass der oder jener ein Raubmörder oder ein Dieb geworden. Vielleicht bist du nur darum gut, weil jener deine Bosheit auf sich genommen!

Einst ging Sankt Franziskus über Feld und Acker. Da schwirrten von allen Seiten die Vögel in Scharen, dass er ihnen predige. Zuerst erhoben sich aus den Äckerrinnen die Rebhühner, danach kamen vom Bach die Bachstelzen, von den Zäunen die Zaunkönige, aus den Gebüschen die Amseln, von den Bäumen die Sperlinge, und wie aus dem Himmel fielen in dichten Trauben die Schwalben vor ihm nieder. Auch erschienen, immer zwei und zwei, Männchen und Weibchen, die Tauben. Da hub Sankt Franziskus zu predigen an:

»Vögel, ihr meine lieben Geschwister, sehr verbunden seid ihr Gott, eurem Schöpfer, und sollt immer und allerorts sein Lob singen. Denn er hat euch die Freiheit gegeben, zu fliegen, wohin ihr wollt: hierhin und dorthin: dicht über die Erde und hoch zu den Wolken, bis zu den Sternen fast. Er hat euren Samen in der Arche Noah bewahrt, das erste Geschöpf, das nach der Sintflut über den Wassern schwebte, war eines der euren: eine Taube. Auch pflegt der Heilige Geist selbst sich oftmals in Gestalt eines Vogels darzustellen und zu offenbaren. Dankbar müsst ihr sein für das Element der Luft, das er euch zuwies. Ihr säet nicht, ihr erntet nicht, und der himmlische Vater ernährt euch doch, gibt euch Flüsse und Quellen, daraus zu trinken, Berge und Schluchten und Täler zu eurer Zuflucht, hohe Bäume und dichtes Gebüsch, eure Nester darin zu bauen. Und ob ihr auch nicht zu spinnen und zu nähen wisst, Gott kleidet euch und eure Jungen. Wie sehr also liebt euch euer Schöpfer, dass er euch so viel Gutes erweist. Hütet euch also, meine Geschwister, vor der Sünde der Undankbarkeit, und befleißigt euch allezeit, Gott zu loben!« – Da erhob sich ein himmlischer, seliger Lobgesang aus Tausend und Abertausend Vogelkehlen. Sankt Franziskus aber schlug das Kreuz über ihnen. Und wie er das Kreuz geschlagen, so entschwebten die Vogelscharen schön geordnet im Bild des Kreuzes: nach Süden, Westen, Norden und Osten. –

Und Sankt Franziskus erhob seine Stimme zur Sonne und sang:

Des heiligen Franziskus von Assisi Sonnengesang
Dir, Güte, Gott und Geist die Fackeln unsrer Andacht brennen.
Kein Mensch ist wert, deinen hohen Namen zu nennen.

Gepriesen seist du mit jeder Kreatur, die du schufest:
Mit dem Sonnengestirn zumal, unsrem Bruder, mit dem du
    die goldnen Tage rufest.

Du schufest es mit einem Augenblinken, wie auch den Mond,
Der fraulich-schwesterlich so blass am Himmel thront.

Gepriesen seist du, Herr, durch unsern Bruder, den Wind,
Dessen Gefährtinnen die leichten Wolken und die hellen und
dunklen Stunden sind.

Gepriesen seist du, Herr, durch unsre Schwester, die Quelle,
Sie ist zart und keusch, aber heiter und klar und schnelle.

Gepriesen seist du, Herr, durch unsren Bruder, das Feuer.
Er hellt die Nacht, spendet Licht und Lust, und seine Kraft ist
ungeheuer.

Gepriesen seist du, Herr, durch unsre Schwester und Mutter
Erde.
Blumen blühen an ihrem Busen und Früchte trägt sie auf ihrem
Rücken mit viel Beschwerde.

Gepriesen seist du, Herr, durch die da dulden und dienen.
Ihre Schwäche ist ihre Stärke. Du bist die Bienenkönigin. Sie
sind die Bienen.

Gepriesen seist du, Herr, durch unsren Bruder, den Tod.
Er hilft mit sanfter Hand uns in sein schwarzes Boot. Das fährt
uns zu dem hellsten Morgenrot,
An dessen amethystnem Himmel unvergänglich strahlt: dein
Namen.
Amen.

Das Jüngste Gericht

Das Marienbild

Ich ging durch die tropische Mondnacht heim, den Zickzackweg von der Kirche Sankt Antonio nach Monti della Trinitae hinauf: dem Berge der Dreieinigkeit, auf dem ich wohne.

Plötzlich blendete mich das weiße Mauerwerk einer kleinen Kapelle.

Ich war am Tage oft an dem barocken Heiligtum vorbeigegangen, ohne darauf achtzuhaben. Zu viele Kirchen und Kapellen wachsen in dieser Gegend: wie Rade und Mohn im Korn. Und immer ist der Anblick der gleiche, und immer ist das Altarbild das selbe: eine Madonna, die das Jesuskind auf dem Arm trägt, unbeholfen als Fresko auf die Kalkwand gemalt. Und vor dem Bilde: kleine Kerzen, frische und vertrocknete Blumensträuße, von alten Pietisten und jungen Verliebten niedergelegt.

Heute in der Mondnacht zwang mich ein Unbewusstes, Ungewusstes, stehen zu bleiben und näher zu treten. Und ich sah auf dem Grunde der Kapelle, vom Mond wie von innen her erleuchtet, ein Bild, das mich bis ins tiefste Herz erbeben ließ.

Mag die magische Mondnacht, das Halbdunkel, Halbhelle, in dem wir leben, den Grund zu diesem Gefühl gelegt haben, mögen andere das Erlebnis nicht gar so sonderbar und erschütternd finden: Ich sah ein Zeichen des Himmels, wie ich nicht viele gesehn. Auf allen Madonnenbildern, die mir bekannt sind, neigt sich die Madonna selig lächelnd und liebend über den Jesusknaben in ihren Armen. Auf dem Bilde dieser Nacht aber sah ich dies:

An der Brust der Madonna lag das Jesuskind und trank. Sie aber – wandte ihr Haupt tränenden Auges beiseite. Alle Martern und Schmerzen der Zukunft, die dem heiligen Wesen, das sie geboren, bevorstanden, sie schien sie im Voraus zu empfinden: im Voraus zu empfinden alle großen Qualen des kleinen menschlichen Lebens. Kein Lächeln verschönte und besänftigte ihre harten und herben Züge. Keine Muttertreude beseligte, ein Mutterschmerz zerriss sie.

So sah ich alle heutigen Mütter ihre Kinder säugen, das früh zerfurchte Haupt zur Seite geneigt, unfähig, den Anblick des geliebten Wesens zu ertragen, das an ihrer Brust den Trank einer bitteren Zukunft trank, das, im Stall geboren, in Stroh gebettet, von Ochs und Esel umschrien, kein anderes Dach über sich hat als den Sternenhimmel und keine andere Hoffnung als die Hoffnung auf ein besseres Diesseits für Ururenkelkind.

Ausklang

Hier endet das Buch von der Heiligen Leben und Leiden: das ein Spiegel ist, darin der Mensch sich betrachte, ob er sei wie sie oder werde wie sie. Denn nichts wirkt und erzieht mehr zur Tugend als ihr Exempel: wie feuriges Fanal in die Nacht des Lasters und der Lüge gereckt, daran wir alle teilhaben, Sünder allzumal, verstrickt in Not und Tod und Elend. Mögen uns die heiligen Frauen und Männer zu einer fröhlichen Himmelfahrt verhelfen. Des sei Gott gebenedeit in der Höhe. Amen.

Christus erscheint seiner Mutter

Quellennachweis

Der Heiligen Leben und Leiden, anders genannt das Passional, herausgegeben von Severin Rüttgers im Inselverlag Leipzig 1913. (Fußt auf dem niederdeutschen Passional Coellen 1485 durch Ludewich van Renschen, dem niederländischen Passional Zwolle 1490 durch Peter van Os, dem niederdeutschen Passional Lübeck 1492 durch Stefan Arndes, sowie hauptsächlich dem Augsburger Passional Augsburg 1513 durch Hansen Othmar.)

Ida Gräfin Hahn-Hahn, **Heiligenlegenden**. Regensburg, Verlag J. Habbel, Neuausgabe 1914.

Liefmann, **Kunst und Heilige**, ein ikonografisches Handbuch. Verlag Eugen Diederichs, Jena 1912.

Die Blümlein des heiligen Franziskus von Assisi. Übertragen von R. G. Binding. Inselverlag. Leipzig 1913 (einiges wörtlich übernommen).

Hans Lietzmann. **Byzantinische Legenden.** Verlag Eugen Diederichs, Jena 1911.

Bibliothek der Kirchenväter. Verlag der Köselschen Buchhandlung, Kempten und München 1911 usw.

Brüder Grimm, **Deutsche Sagen.** Neue Ausgabe. Berlin, Nikolaische Verlagsbuchhandlung R. Stricker, 1905.

Hermann Hesse, **Franz von Assisi.** Verlag Schuster & Loeffler, Berlin, ohne Datum.

Unser lieben Frauen Wunder. Altfranzösische Marienlegenden, übertragen durch Severin Rüttgers. Inselverlag, Leipzig, ohne Datum. (Fußt auf: Gautier Coincy, *Miracles de la Sainte Vièrge*, ediert Paris 1857 durch Abbé Poquet, und *Vie des Pères*, Romania 2, durch Wendelin Förster.)

Mechthild v. Magdeburg, **Aus dem fließenden Licht der Gottheit,**
neu ediert durch Heinrich Adolf Grimm. Insel Verlag, Leipzig,
ohne Datum.

Roswitha v. Gandersheim, Werke (Die Werke der Hrothsvitha,
herausgegeben von Dr. K. A. Barack, Nürnberg 1858), deutsch
von Ottomar Piltz. Verlag Philipp Reclam, Leipzig.

Abbé de Lamennais, **Paroles d'un croyant.** Paris, Calman Levy,
1877.

Russische Volksmärchen, übersetzt von August von Löwis of
Menar. Verlag Eugen Diederichs, Jena 1914.

Anthologie aus den Werken der Brüder August Wilhelm und
Friedrich Schlegel. Hildburghausen und New York, 1831.

P. Paulinus Schönig, **Kleine Heiligenlegende.** Verlag J. Habbel,
Regensburg 1919.

Von Gottes und Liebfrauenminne, neudeutsch von H. A. Grimm.
Inselverlag, Leipzig, ohne Datum.

P. Matthäus Vogel, **Lebensbeschreibung der Heiligen Gottes.**
Aschendorffsche Buchhandlung, Münster 1912.

Lorenz Beer, **Heiligenlegende für alle Tage des Jahres.** Verlag J.
Habbel, Regensburg 1913.

Die Briefe der hl. Katharina von Siena. Hyperionverlag, Berlin,
ohne Datum (einiges wörtlich übernommen).

Gesta Romanorum, Inselverlag, Leipzig, ohne Datum.

Ich habe die Anregungen zu meiner Legenda Aurea aus den eben
genannten Quellen entnommen. Kaum eine Legende freilich
bliebe unverändert: sei es, dass sie nur in ihrer Spitze umgebogen,
in ihrer Dämmerung geklärt, in ihrer Klarheit ein wenig gedunkelt
wurde. Manche habe ich frei erfunden. Vielen einen neuen Sinn,
einen neuen Ton, eine neue Form gegeben.

Klabund

Karl-Maria Guth (Hg.)

Erzählungen aus dem Biedermeier

Karl-Maria Guth (Hg.)

Erzählungen aus dem Biedermeier II

Karl-Maria Guth (Hg.)

Erzählungen aus dem Biedermeier III

Erzählungen aus dem Biedermeier

Biedermeier - das klingt in heutigen Ohren nach langweiligem Spießertum, nach geschmacklosen rosa Teetässchen in Wohnzimmern, die aussehen wie Puppenstuben und in denen es irgendwie nach »Omma« riecht.

Zu Recht. Aber nicht nur.

Biedermeier ist auch die Zeit einer zarten Literatur der Flucht ins Idyll, des Rückzuges ins private Glück und der Tugenden. Die Menschen im Europa nach Napoleon hatten die Nase voll von großen neuen Ideen, das aufstrebende Bürgertum forderte und entwickelte eine eigene Kunst und Kultur für sich, die unabhängig von feudaler Großmannssucht bestehen sollte.

Georg Büchner Lenz **Karl Gutzkow** Wally, die Zweiflerin **Annette von Droste-Hülshoff** Die Judenbuche **Friedrich Hebbel** Matteo **Jeremias Gotthelf** Elsi, die seltsame Magd **Georg Weerth** Fragment eines Romans **Franz Grillparzer** Der arme Spielmann **Eduard Mörike** Mozart auf der Reise nach Prag **Berthold Auerbach** Der Viereckig oder die amerikanische Kiste

ISBN 978-3-8430-1884-5, 444 Seiten, 29,80 €

Erzählungen aus dem Biedermeier II

Annette von Droste-Hülshoff Ledwina **Franz Grillparzer** Das Kloster bei Sendomir **Friedrich Hebbel** Schnock **Eduard Mörike** Der Schatz **Georg Weerth** Leben und Taten des berühmten Ritters Schnapphahnski **Jeremias Gotthelf** Das Erdbeerimareili **Berthold Auerbach** Lucifer

ISBN 978-3-8430-1885-2, 440 Seiten, 29,80 €

Erzählungen aus dem Biedermeier III

Eduard Mörike Lucie Gelmeroth **Annette von Droste-Hülshoff** Westfälische Schilderungen **Annette von Droste-Hülshoff** Bei uns zulande auf dem Lande **Berthold Auerbach** Brosi und Moni **Jeremias Gotthelf** Die schwarze Spinne **Friedrich Hebbel** Anna **Friedrich Hebbel** Die Kuh **Jeremias Gotthelf** Barthli der Korber **Berthold Auerbach** Barfüßele

ISBN 978-3-8430-1886-9, 452 Seiten, 29,80 €